もみの木

Fukami Kenji

深見けん二句集

ふらんす堂

目次

句集　もみの木

二〇一八年

朝顔のそのまま咲いて夕間暮

一房の葡萄の重さ甲斐の国

町《まち》中《なか》に残る旧家の芭蕉かな

つづけざま鼠花火や路地の奥

揚花火腹に響きて始まりぬ

落花踏み仰げば葛の咲き出せる

悼　斎藤夏風さん　四句

何につけ頼みの君も萩の露

流れけり青邨の星夏風の星

花の門くぐり来りし月の友

虚子語り青邨語り天高し

来し方と云ふも遠しや秋彼岸

蜆蝶影を濃く曳き草の花

どことなく隣の庭も彼岸花

蕊の反り鋼光りや彼岸花

ふるさと郡山　五句

新涼や磐梯熱海の今昔

ふるさとの今ぞと山の粧へる

みちのくの欅紅葉はかく美《くわ》し

安《あ》達《だ》太《た》良《ら》山の遠く輝き昼の虫

鉱山《やま》の名の今も残れり菌狩

どんぐりを今日も落として御神木

岩肌も映して湖の紅葉晴

庭石も旧りて一叢杜鵑草

一献といふにあらねど菊膾

二本松城とりこみて菊花展

広前もその頃となり菊花展

菊溢れ蜜柑を山と開山忌

坊守と昔話を十三夜

雨雫こぼし穂草の末枯るる

雨つづく一と日一と日を末枯るる

今日もメモ書いて進まず冬支度

磐梯山日当りながら時雨れけり

蠅も蟻もをりて日向の花八手

その中はがらんどうなり葛枯るる

枯葛や形ばかりの葉を残し

強霜に銀杏落葉の生臭し

二十余樹木の葉時雨をひとしきり

かぶされる落葉四五枚冬泉

綿虫や旧家は門の奥深く

ほど近きせせらぎ公園冬ぬくし

青空のゆきわたりたり枯木立

忌の近き青邨晴に我等今日

玄関に珠と置かれし冬苺

追焚をして除夜の湯に目をつむり

刎頸の友を送りし年も逝く

紺青を張りつめてをり初御空

元日の人影映し柳瀬川

快心の君の笑顔や初夢に

風もなく二日の月の円かなる

速達で仕事始の稿一つ

一輪の落ちて蕊立つ冬椿

海原へ向ひ跣の初稽古

半身を海に浸して初稽古

こんなにも生き永らへて薺粥

臘梅やたつぷりの日を雫とし

日の当る氷柱まぶしく歯を磨く

白石渕路句集　俳人協会新人賞

朗報の届き一入日脚伸ぶ

悼　大峯あきら氏

星となる大人《うし》に寒満月蝕す

菰の中一輪の熾寒牡丹

声だけは負けぬつもりの豆を撒く

高虚子も戌年我は年男

二〇一九年

ゆるみたる蕾もありて庭の梅

もの陰は雪の残りて下萌ゆる

武蔵野へつづくわが庭下萌ゆる

万蕾の一輪二輪梅の花

梅林や紅梅滲み魁《さきが》くる

早春の清瀬の雑木波郷句碑

生涯を福島生れ地虫出づ

春眠の覚めて九十七となり

住み旧りて此処もふるさと水温む

初蝶の遠くにそれと見えて消ゆ

初蝶や午後からの日を存分に

又別の蝶来て庭に輝ける

後手に庭に出てをり蝶の昼

開きそむこの白さこそ花辛夷

ふつくらと蕾のそろひ初桜

歩み寄り今年も仰ぐこの桜
向かうより同じ桜を眺めをり
さし込める日にさわ立てるさくらかな

咲き満ちて茜に染まり夕桜

夕影を一つ一つに散る桜

苔むせる根回りに浮く落花かな

城山の今ぞまさしく花吹雪

その人のコートを脱げば花衣

取り分くるとても二人や桜餅

一と言の誘ひの御縁桜餅

おん胸に問ひしあれこれ虚子忌来る

その折の慈眼は今も虚子祀る

界隈に住みて折しも御忌の鐘

本堂のしづまり返り八重桜

唇に雨の一滴つばくらめ

未だ幹も枝も目に立つ若葉かな

駅前に人待つ人等花水木

胸像と牡丹数輪蟻一匹

崖《はけ》の上湧く白雲も菖蒲の日

葉桜や遠く波立つ鹿島灘

葉桜の下を夕日の遊歩道

葉桜の下の夕風過去未来

吐く息も染まるばかりのみどりかな

石組も旧りし邸や棕櫚の花

朝日影曳きつつ蟻のちらばれる

ここに又出会ひ頭の蟻と蟻

錆びてなほ燦と泰山木の花

六月の始まる森のしづけさに
茎跳ねて皿に盛られしさくらんぼ
もみの木の緑蔭をこそ恃み住み

古簾外に自転車三輪車

わが町や胸をかすめて夏燕

海よりも碧き紫陽花森の中

武蔵野や一本道の夏木立

一と部屋の暮し始まり雲の峰

滾々の泉に嘴や河鳥

夏越には少し間のある神の森

東京は晴あちこちの大出水

梅雨明の即ちかんかん照りの中

炎天を窓越しに書き悔み状

冷房の頭の芯に効いて来し

一と棹で流れに乗りし遊び舟

夕月のありて涼しき畑かな

夜は月の赤くかかりて旱畑

ポストへの抜け道こぼれ凌霄花

暑さなほ残るといへど空の紺

くらやみに落ちてその音桐一葉

壮年の父の遺影や桐一葉

腹の縞くつきり飛んで秋の蜂

何もかも眩しとりわけ鬼やんま

烏丸《からすま》の一つ裏道新豆腐

とんぼ飛ぶ航空公園秋の風

吹き抜けてゆく秋風に我が齢

広々と青々と芝秋の風

雨上る九月一日百日紅
取入れしものの束ねられ虫の声
とつぷりと畑の暮れて虫しげし

車の灯一瞬過ぎぬ虫の闇

彼岸花一茎にしてかく凜と

通ひ路の一夜一夜と月育ち

滲み消えやうやく月の在り所

二人して使ふ小机露けしや

ふるさとの薄皮饅頭水澄める

ひとところ真《ま》緒《そほ》の芒景をなし

台風一過かくも白々朝の月

桑本螢生句集『海の響』序句

鎌倉に二人の師あり天の川

篠原然句集『絆』序句

内外の旅を重ねて星月夜

どの枝も地に届くほど柿たわわ

先頭のいつか殿《しんが》り紅葉狩

雲一つ無き日の続き秋深し
踏み入りて今さらに野の露けしや
口にしていよよ露けき夜となりぬ

今日も又よく日の当り末枯るる

やや寒の机の上の鍵三つ

影も無く飛んで紫冬の蝶

あれほどの日和なりしも暮早し

外濠に灯の点く頃や初時雨

時雨るるやケアのランチはオムライス

硝子窓日の当りつつ夕時雨

日の当り部屋暖まり冬の蠅

新築の内装工事夜の落葉

店内にまぎれ込みたる落葉かな

音ばかり立てて少しの落葉掃く

よく晴れて時に雑木の落葉して

師の齢となりて遥かや青邨忌

移り住む此処も武蔵野去年今年

天窓も真青となりて年迎ふ

道一つ貫く畑の初景色

一片の雲も止めず初御空

何はあれ妻とホームに雑煮かな

初富士や武蔵野はるかくっきりと

介護受けつつたっぷりと初湯かな

目をつむり齢を忘れて初湯かな

首揉んで賢くなりし初湯かな

一番の名乗りは我ぞ初句会

群なして仏の山の寒鴉

菰を出し二輪の影や寒牡丹

降り出して庭木に積もるほどの雪

セーターや肘掛椅子に足を組み

寒晴や仏に近く椿見て

通ひ路の寒満月の皓々と

寒明を控へて今日のこの日和

枝の先みな日の当り春近し

春近きかかる日和に我等今

二〇二〇年

冴返りたる繊月や屋根の上

観音の見守る里の梅日和

満開にして紅白や庭の梅

野梅ともいへる一樹を庭に植ゑ

そのあとの雑木のしじま初音かな

ケアの窓はうれん草の畑見え

春寒と境内凜と開基像

立春を期して励まんこと一つ

月山の麓に宿り蕗の薹

順を待つ列の中なる余寒かな

誕生日風呂にも入りてホームの春

豆本も調度の一つ雛飾る

いろ淡き紙雛にして格高く
穴を出し一番槍の蟻とこそ
啓蟄を明日にしてわが誕生日

ケアハウス啓蟄の日に包まれて
啓蟄や九十八の志
ものの芽に跼みその後の話して

夕東風や届きて重き全句集

目鼻無く杓と扇の豆雛

毛氈に置けば色めき紙雛

片隅に振子時計や雛の間

同窓の友みな故人涅槃西風

中日のリハビリ散歩風の中

一日をうつらうつらとあたたかし

リビングの掃除の音も春めきぬ

反転し空へ直線つばくらめ

虚子庵の椿は今もありありと

藪椿満開一面落椿

小綬鶏のけたたましさも森深し

次男　慎二へ

任重きことはもとより春の風

初蝶の黄に舞ふケアの玄関に

共に見し初蝶なればしばらくは

午後からのホームの一と刻桜餅

一輪は少し離れて初桜

この花に通ひて齢を重ねたる

見納めと思ひし花を今年又

わが撮れる写真も旧りし虚子忌かな

生涯の口伝の一語高虚子忌

花冷のつづきて今日ぞ咲き満てる

雪の富士遠く輝き桜狩

花散りしあとの寒さに籠りをり

冷ゆる日もあれど忽ち花も過ぎ

鋤き均らす畑紋白蝶の飛び

木製の新聞受や藤の花

行春の雷なほもつづきをり

初蝶の高くは飛ばず風のまま

体温をまた計りもし春愁

ホームにも花の便りのちらほらと
窓開けて部屋の中にも春の風
咲き進む気配のなくて初桜

老幹にして満開のさくらかな

車椅子に乗せていただき桜狩

冷え冷えと空にまぎるる大桜

花冷といへども花につつまるる

車窓から花を眺めて小半時

花散らす風のをさまり夕茜

仰ぎ見て更に仰げる桜かな

かかる世も月まどかなる春の宵

飾りたる兜の中の真くら闇

極上の新茶の味をたっぷりと
一盞の酒もなけれど初鰹
佇みて薔薇の香りの一入に

緋牡丹の蘂噴き上げて真盛り

かかる世も庭森閑と牡丹咲く

母の日の一日たのし次男来て

人におくれ九十八の更衣

狭山茶の今年のこくをたつぷりと

菖蒲湯にたつぷり沈み昼日中

近づきし父の遠忌や白牡丹

芍薬や父の遠忌も一と日過ぎ

雨一夜降つて即ち夏めきぬ

夏めくといふも忽ち暑くなり

月光に揺るる新樹をうち仰ぎ

新緑の中縦横に幹走り

若葉より少し青葉となる森に
記念碑は旧りて新樹は輝ける
盛り過ぎ白薔薇ばかり咲いてをり

山田閏子さん誕生日

人生の今を華とし風薫る

一面に落ちし実梅に足取られ

芯までも青くつぶらな実梅かな

結婚記念日

明易や六十七年一瞬に

悼　千原叡子様

小説の佳人も逝かれ梅雨深し

怠慢な一日となり梅雨深し

一年をかむりつづけて夏帽子

棚に置く妻と二人の夏帽子

カーテンをふくらませては風薫る

照り昃りして万緑のいよよ濃く

記念樹も六十年の大夏木

鎌倉も小諸も遠し大夏木

未だ未だの力を残し囮鮎

洗ひたる雫鏤めさくらんぼ

窓の外雨幾筋もさくらんぼ

搗《か》ち合って又搗ち合って蟻と蟻
青梅雨の欅街道まっしぐら
ほんのりと梅雨夕焼のありしこと

雨脚の遠く近くを夏燕

軒先をこぼれ一閃揚羽蝶

生涯に虚子の一語や明易し

今もなほ夢いくつかは明易し

二階から手を振つてゐる出水かな

テレビ見て出水見舞も逡巡す

水害の熊本よりの葉書読む

雲の峰虚子山盧より立上り

四阿に睡蓮眺め小半時

睡蓮の遠くの水に人の影

睡蓮の花移りゆく蝶一つ

兄弟の日焼の顔の揃ひたる

浮いて見ゆるうすき紅色夏料理

客ありて妻の自慢の夏料理

還暦の次男一家と夏料理

仕事にも張りやゴルフに日焼して

通ひ馴れ分けて今年の土用灸

息子来て土用鰻を老夫婦

土用芽に老の心を励まされ

一掬の涼風ありぬ師と対し

病葉の一枚真っ赤水の上

自註して一入涼し『滝野川』

小圷健水著　自註句集

父もゐし大塚仲町金魚玉

夕立の上り月ある裏銀座

向日葵に九十八の胸張つて

仰ぎゐる頬をくつきり揚花火

七夕やホームに続く小句会

百歳は近くて遠し星祭る

白寿兼ね残暑見舞の金平糖

残暑とはいへぬ残暑のなほ続き

赫灼の日射貫く葡萄棚

秋燕となりて雲間にひるがへり

齢なりのわが俳諧や獺祭忌

路地深く今日の月あり仰ぎけり

移りゆく雲間に滲み今日の月

金星の輝きそめし虫時雨

邯鄲やほどよく月の上り来て
邯鄲を聞いて秩父の夜も更けし
目の前の紫苑小諸の紫苑かな

膝抱いて見し青春の鰯雲

晩年の更に晩年鰯雲

妻と見るホームの窓の鰯雲

水澄んで底なる真砂つまびらか

水澄んで人それぞれに故郷あり

いくつかの付箋を貼りて灯下親し

耳遠くなりて一入露けしや

一と雨にあさから畑に虫の声

まぎるるとなく飛んでをり萩の蝶

一と部屋に妻との暮し虫の夜

横顔のすぐ浮かび来る子規忌かな

獺祭忌幾度墓に詣りしや

虚子のことしきりなつかし子規忌かな

野心ありきと虚子のいひたる子規忌かな

毎日を老と戦ふ子規忌かな

何時しかに白寿に近く子規祀る

老人の日協会の名の祝物

露の身を励まし合つて老夫婦

露けしと思ふ一夜のありそめし

くらやみは地主の畑虫時雨

だんだんに我のまはりに夕蜻蛉

一部屋のホームに阿弥陀秋彼岸

秋彼岸父の享年若かりし

住職と電話で話秋彼岸

秋風や飛ばされながら蟻走り

秋風や虚子の小諸は日々遠く

大玻璃戸まる一日の秋日和

秋晴の珠の一と日もまたたく間

どんぐりを一つ拾へば一つ落ち

磐梯の山の錦に朝日さし

城あげて菊の香りや二本松

出品の前の一弁菊師摘み

行き届く入浴介護菊日和

労られ励まされゐて菊の酒

よき友を持ちて長命菊膾

散りながら桜紅葉のはじまれる

木の実降る音の遠くに又近く

一日で変る人生そぞろ寒

一句の酒もなけれど菊膾

車椅子次第に馴れて秋の雨

末枯るるもの絡めおく畑の隅

早々と新米山と届きけり

鬼柚子といひて愛でたるその形

山茶花の咲けば開基の忌日来る

散りかかる白山茶花の盛りかな

昨日晴今日忽ちに冬めける
酉の市賑はひ此処に及びをり
窓に影曳いて落葉の降り止まず

落葉踏むわが足音を楽しみて

就中今年の今日の小春かな

立冬の草にかくるる水の音

立冬の影濃く飛んで黄蝶かな

わが背なに立冬の日のたつぷりと

石畳紅映るかに七五三

四五本の青首大根畑の隅

車降り大根畑眺めをり

武蔵野の今日も青空落葉道

木枯の雑木林を吹き荒らし

青空のざわめいてゐる枯葉かな

九十八歳にも勤労感謝の日

ひとしきり落葉降る音林行く

真黒な犬曳き銀杏落葉道

落葉踏む音して人の現れぬ

銀杏散る後姿の六地蔵

リハビリの折紙既にクリスマス

何もかも日の短さのせゐとして

一山の枯木光りて冬の晴れ

葱畑の畝高々と富士遠く

柚子湯して老の命を惜しみけり

雲一つ無く中天に冬至の日

地主より柚子をいただく冬至かな

ホームより暮れて出棺十二月

クリスマス近づく部屋や日の溢れ
ホーム皆家族となりてクリスマス
スタッフは天使ホームのクリスマス

取り出して組立て旧き吸入器

冬薔薇の手入をさをさ垣の内

秩父嶺の遠くくつきり初景色

中新井その二丁目の初日かな

元日の日の深々と部屋の中

初鏡ホームに妻と二人住み

独り子も九十八の春迎ふ

結納を済ませし孫の初写真

読初や虚子に賜る『虚子俳話』

年老ゆもこの寒さにも初句会

卒寿なるガールフレンド初電話

中新井二度目の初日満身に

かむながらなる若水の靄立てる
初御空一朶の雲も許さざる
元日の朝の散歩も怠らず

応へ合ふ如くに鳴いて初鴉

初夢や盟友夏風に励まされ

臘梅の一本なれど良く香り

大寒を挟み三日のよき日和

その後は日和もつづき日脚伸ぶ

午後からは少し日も出て日脚伸ぶ

ケアホーム心尽しのおせちあり

百歳は遠し白寿の年迎ふ

白寿とはわがことなりし初笑

白寿てふ己励ます筆始

一滴の墨の飛びたる筆始

オーナーの一言よりの初笑

一言にこめし心や初便り

ケアホーム一部屋づつの初日かな

車にて初富士見ゆるところまで

初富士の遠しといへどくつきりと

四月にはわが色紙ある初暦

初風呂のシャワーのお湯を頭より

大寒はもとより合点歩かなん

高木さん愛犬ハナちゃん

大寒の小さき命奪ひたる

節分の豆早くより棚の上

豆撒は男の役と回り来し

二〇二一年

魁くる梅一輪の凜々と

枝ぶりのよき梅咲きて門構

夕暮もなほ日のありて梅白し

白梅に紅梅に滲み丘を染め

窓の空紺碧にして二月尽

地震などの凶《まが》事なかれ冴返り

喉に手を当てて目つむり春の風邪

うかうかとひいて白寿の春の風邪

春の風邪心の風邪と妻はいふ

雛の軸ただ掛け流すばかりにて

てのひらを少しこぼれて雛あられ

古雛といふといへども格高く

御眉をうすくほんのり内裏雛
雛の宿奥に老女の深眠り
雛の灯を消して一日終りたる

蟻が蟻の頭乗り越え穴を出づ

雛の日に生れ介護にいそしめる

哀へる妻傍らに雛祭

啓蟄やその日白寿の誕生日

葉を土に一杯に張りたんぽぽ黄

その中の今音立てし落椿

孫娘赴任

ベトナムも世界の一つ春の風

夢の中滑空自在春の宵

師の許に参る日近き虚子忌かな

先生はいつもはるかや虚子忌来る

あとがき

この三月五日、幸い白寿を迎えることができました。丁度「珊」に発表した句もほぼ三年に達しましたので、ここで最後の句集をまとめることを決心しました。今回もふらんす堂の山岡喜美子さんのご好意に甘え、お世話になることに致しました。「花鳥来」の会員の方々はじめ、お世話になった多くの皆様に御礼を申し上げます。「花鳥来」の山田閏子さんには句集の整理から完成に至るまでお世話になったことを記して感謝申し上げます。

句集名は現在お世話になっているケアホームの名前「もみの木」（高木一江オーナー）より名づけました。

令和三年三月五日

深見けん二

著者略歴

深見けん二（ふかみ・けんじ）

大正11年3月5日　福島県郡山市高玉鉱山に生る
昭和16年高濱虚子、17年山口青邨に師事
句集『父子唱和』『花鳥来』（第31回俳人協会賞）『日月』（第21回詩歌文学館賞）『蝶に会ふ』『菫濃く』（第48回蛇笏賞）『深見けん二俳句集成』など。

著作に『虚子の天地』『四季を詠む』『折にふれて』『選は創作なり—高浜虚子を読み解く』編著『高濱虚子句集　遠山』など。

第13回山本健吉賞・福島県外在住功労者知事表彰。

歌人小島ゆかり氏との共著『私の武蔵野探勝』。

「花鳥来」主宰、「ホトトギス」「珊」「秀」同人。

俳人協会顧問、日本文藝家協会会員。

楊名時太極拳師範。

現住所　〒359-0041　所沢市中新井2-296-2
グループハウス「もみの木」101

・季題索引

な

は

ふらんす堂叢書俳句シリーズ①

句集　もみの木

発行日　2021年10月10日　初版発行

著　者　深見けん二©

発行人　山岡喜美子
装丁者　君嶋真理子
印　刷　日本ハイコム㈱
製　本　㈱松　岳　社

発行所　ふらんす堂
〒182－0002 東京都調布市仙川町1－15－38－2F
Tel　03(3326)9061
Fax　03(3326)6919
www.furansudo.com

定価＝2000円＋税

ISBN978-4-7814-1412-6　C0092　¥2000E
Printed in Japan